Ein paar letzte Wäller Weisheiten

*Ein Westerwälder Opa
im modernen Leben*

Bibliografische Information der Deutschen Nationalbibliothek
Die Deutsche Nationalbibliothek verzeichnet diese Publikation in der Deutschen Nationalbibliografie; detaillierte bibliografische Daten sind im Internet über http://dnb.d-nb.deabrufbar.

© 2022 Ferdinand, Thorsten
Herstellung und Verlag:
BoD - Books on Demand, Norderstedt

ISBN: 9783756822263

Inhaltsverzeichnis

Im Durcheinander der Verspätungen	09
Das Lob steckt zwischen den Zeilen	10
Die Grenzen der Mülltrennung	11
Die Hose aus dem Outletcenter	13
Gurgeln für den Zahnerhalt	14
Keine Chance auf Zerstörung Karthagos	15
Ein Mittagessen auf dem Dach	16
Süßigkeiten für die nächste Woche	18
Am Computer Munition gespart	19
Wenn Boxen für Ruhe sorgt	20
Autofahrten ohne bekannte Defizite	21
Auf dem Heiratsmarkt stets begehrt	22
Wenn Kranke zu empfindlich sind	23
Jeder Tropfen Bier ist kostbar	25
Bei Hektik schrillen die Alarmglocken	26
Die coolen Jungs sitzen hinten	27
Der alte Mann und das Klo	28
Bei Opa mussten Frauen stark sein	29
Ferngespräche für Vermögende	31
Vokabeln ohne Dudenbezug	32

Ausrangierte Mode für den Garten	33
Eine Ehe ohne Geschenke	34
Ein Rindvieh aus Schall und Rauch	35
Ein Hobbyrichter am Frühstückstisch	37
Ein Leben lang Selbstversorger	38
Ein Invalid ohne Versicherungsschutz	39
Ein Ring Fleischwurst für den Lehrer	40
Drecksäcke ohne Zinsbindung	41
Vertrocknetes Brot für eine Vogelscheuche	43
Pfeifend bei der Arbeit	44
Die Freude der Kevag über das Weihnachtshaus	45
Zweifelhafte Züchtigung	46
Die Heiden aus dem blauen Land	47
Verzicht und Minimalismus als Trends	49
Nur das Nötigste geschwätzt	50
Der Bürgermeister als Respektsperson	51
Im festen Glauben an die Post	52
Nach dem Erbfall nicht zerstritten	53
Dem Nachwuchs eigene Namen verpasst	55
Lästiges Problem in Endlosschleife	56

Der Wert des eigenen Autos	57
Wenn aus Wäller Platt Englisch wird	58
White Christmas sorgt für seltenes Lob	59
Neugierige Blicke auf den sauberen Rasen	61
Aus der Nachtschicht aufs Boot	62
Beichtgeheimnis schlägt Schweigepflicht	63
Dem Scheiterhaufen nur knapp entkommen	64
Ein Opa, die Alexa und das Gendern	65
Geschenke gibt es nur für Arme	67
Holzvorräte für entbehrungsreiche Zeiten	68

Vorwort

In den zwei Jahren seit der Veröffentlichung meines bislang letzten Opa-Buchs bin ich immer wieder einmal gefragt worden, ob es noch einen weiteren Band geben wird. Da ich nie damit aufgehört habe, mir Notizen zu machen, wenn ich mich im Alltag an Opas Sprüche erinnerte, kann ich nun tatsächlich ein drittes Buch vorlegen, das die kleine Reihe "Wäller Weisheiten" abrunden wird. Für besonders treue Opa-Fans wird es überdies zu seinem 100. Geburtstag einen Sammelband mit dem Titel "100 Jahre Opa - 100 Geschichten" geben, der die besten Anekdoten aus drei Büchern und ein Wörterbuch zum Nachschlagen der wichtigsten Mundart-Begriffe enthält.

Es ist zwar niemals alles erzählt, drei Jahre nach Opas Tod fangen die Erinnerungen jedoch allmählich an zu verblassen. Die Bücher sind deshalb auch eine sehr persönliche Erinnerungsstütze für mich selbst, und ich hoffe natürlich, dass auch wieder viele Leser ihre Freude daran haben. Es sei an dieser Stelle noch kurz darauf hingewiesen, dass auch dieser Band wieder einige Episoden enthält, die rüde oder auch unhöflich wirken mögen. Es war mir jedoch erneut ein Anliegen, Opas Eigenheiten nicht aufzupolieren oder zu verfälschen. Für viele (vor allem männliche) Vertreter seiner Generation galt bekanntlich: harte Schale, weicher Kern! Und diesen weichen Kern vermochte Opa oftmals zu verbergen. Wer jedoch lange genug mit einem derart "knurzige Kerl" zusammenlebte und ihn entsprechend gut kannte, konnte die Kommentare richtig einordnen. Opa war zeitlebens ein sehr aufrichtiger und ehrlicher Mensch, mit dem man gut auskommen konnte, so lange man keine Komplimente erwartete und "net empfindlisch wohr". So jedenfalls möchte ich ihn in Erinnerung behalten.

Im Durcheinander der Verspätungen

Pünktlichkeit ist eine Tugend! So lautet eine bekannte Redensart, der nach meiner Erfahrung vor allem Menschen aus deutschsprachigen Ländern zustimmen. Groß ist hierzulande die Aufregung, wenn ein Bus erst um 8.15 Uhr in die Haltestelle einfährt, obwohl auf dem Plan 8.13 Uhr angegeben war. Groß war auch meine Verwunderung, als ich bei meinem ersten Urlaub im Ausland lernen musste, dass Busfahrpläne dort offenbar nur einen groben Orientierungsrahmen darstellen.

Auch mein Opa war in dieser Beziehung typisch deutsch und kam nie zu spät - "zu früh" gab es in seiner Welt nicht. Wer deutlich früher als vereinbart zu einem Termin erschien, war laut Opa "zeidisch", was aber keinesfalls als Kritik zu verstehen war. Bei Opa durfte man gerne eine halbe Stunde zu früh kommen, aber keine Minute zu spät. Besonders als Kind empfand ich diese Überpünktlichkeit als lästig. Als ich nach der Erstkommunion Messdiener wurde, waren es meistens meine Großeltern, die mich von Untershausen mit zur Kirche nach Holler nahmen. Für mich hätte es damals locker ausgereicht, eine Viertelstunde vor Gottesdienstbeginn loszufahren. Schließlich war man in nicht einmal 5 Minuten vor Ort. Für meine Großeltern kam das jedoch nicht infrage. Spätestens eine halbe Stunde vor Gottesdienstbeginn war Abfahrt. In Holler lauschte man dann noch eine gefühlte Ewigkeit dem Husten und Räuspern der anderen Gottesdienstbesucher, bevor es endlich losging. Diskussionen waren dennoch zwecklos, denn wenn sein Zeitplan nicht eingehalten wurde, war laut Opa "däh ganse Daach durschenanner" - und Durcheinander war für ihn noch schlimmer als Unpünktlichkeit.

Das Lob steckt zwischen den Zeilen

Obwohl ich selbst Westerwälder bin und den Großteil meines bisherigen Lebens im Westerwald verbracht habe, tue ich mich gelegentlich schwer damit, Lob und Kritik meiner älteren Mitmenschen zu unterscheiden. Man muss die Eigenheiten der Mundart und der Wäller Kultur schon recht gut kennen, um zu verstehen, dass Schweigen mitunter bereits ein Kompliment ist. Der Spruch "Wenn eisch naut soohn, hott et geschmeckt" meines Opas wird noch heute in meiner Familie regelmäßig zitiert, wenn meine Mutter nachfragt, ob uns die Mahlzeit gemundet hat. Diese Eigenheit hatte Opa allerdings nicht exklusiv. Erst kürzlich berichtete mir eine Arbeitskollegin von einem ebenfalls über 90-jährigen Senior, der die Frage "Hat es geschmeckt?" in einem Restaurant mit dem Satz "Mah hott schon schleechter gäße" beantwortete.

Wohl wissend, dass das Ausbleiben von Kritik bei Opa schon mit Lob gleichzusetzen war, konnte ich auch seine Anmerkungen zu meiner Arbeit im Laufe der Zeit besser einordnen. Meine Ankündigung, dass ich demnächst einige Wochen Urlaub habe und deshalb keine Texte von mir in der Tageszeitung zu lesen sein werden, entlockte Menschen von seinem Kaliber allenfalls ein verstecktes Kompliment wie "Da stieht joh hoddisch noch mieh Mest in der Zäidung". Ein noch deutlicheres Lob wäre "unnuhtwinnisch" gewesen. Opa wollte schließlich nicht, dass sein Enkel "noch iwwerschnappt".

Die Grenzen der Mülltrennung

Einem Ausländer die Mülltrennung in Deutschland zu erklären, gehört zweifelsohne zu den größten kulturellen Herausforderungen unserer Zeit. Bei Papier und Glas ist es noch vergleichsweise einfach. Wenn es jedoch um die Frage "Gelber Sack" oder "Restmüll" geht, komme ich selbst als Einheimischer oft an meine Grenzen. Mein Lieblingsbeispiel ist das halb gefüllte Nutella-Glas, für dessen Entsorgung ich sogar drei Möglichkeiten benennen und allesamt begründen könnte.

Auch für meinen Opa war die Mülltrennung zeitlebens ein bewegendes Thema. Dabei war er stets darauf bedacht, die offiziellen Regeln penibel einzuhalten und seine Enkel entsprechend anzuweisen. Wenn es jedoch gar keine legale Entsorgungsmöglichkeit über die heimischen Mülltonnen gab, hörte auch für ihn der Spaß auf. Für die Beseitigung alter Asbestplatten noch einmal Gebühren zu bezahlen oder eine defekte Kaffeemaschine gar selbst auf die Müllkippe nach Meudt zu bringen, kam aus Kostengründen nämlich nicht infrage. Für die Entsorgung hatte Opa seiner Meinung nach schließlich schon "bezohlt"! In solchen Fällen wurde er erfinderisch. Legendär ist seine Beseitigung eines kompletten Fotokopiergeräts über die heimische Restmülltonne: Das große Elektrogerät aus dem Firmenbestand meines Vaters zerlegte er geduldig mit einem "Bejlsche" in winzige Einzelteile, damit es nicht mehr als Elektroschrott zu identifizieren war. "Isch honn Zeit", meinte er bei kritischen Rückfragen gelassen. Anschließend füllte der alte Fotokopierer mehrere Monate lange einen erheblichen Teil unserer "schwarzen Tonne" als undefinierbares Pulver. Wer weiß, was auf ähnlichen Wegen schon alles auf den heimischen Müllkippen gelandet ist?

Die Hose aus dem Outletcenter

Im Jahr 2015 wurde in Montabaur ein Outletcenter für Markenkleidung eröffnet. Zuvor hatten mehrere Nachbarstädte versucht, das Projekt am ICE-Bahnhof zu verhindern, weil sie um die Zukunft ihrer eigenen Einzelhandelsunternehmen fürchteten. Der jahrelange juristische Streit, der am Ende sogar das Bundesverwaltungsgericht beschäftigte, war in der Westerwälder Zeitung immer wieder Thema. Aus diesem Grund war auch meinem Opa nicht entgangen, dass in Montabaur etwas Neues entsteht und dass es sich dabei um eine größere Investition handelt. Unter dem englischen Begriff Outletcenter konnte er sich allerdings nichts vorstellen. Er wusste nicht einmal, wie man das Wort richtig ausspricht.

Als Opa im Alter von 92 Jahren schließlich in der Zeitung von der Eröffnung des Einkaufszentrums las, wollte er es genauer wissen. "Sommo, dot Quetlet-Center in Mondebauer es doch jetz off?", fragte er mich nach der morgendlichen Lektüre. "Eisch brehscht emohl ein neije Manschester-Bux fier in de Gohrde", fuhr Opa fort. "Ob die suh ebbes och honn?"

Seine Erwartung musste ich jedoch sogleich enttäuschen. Schließlich hatte ich bei meinem ersten Besuch im FOC überwiegend Freizeitmode für jüngere Menschen gesehen. Stabile Arbeitskleidung jedenfalls gehörte dort nicht zum Sortiment. Opa kommentierte diese Antwort mit einer abwinkenden Handbewegung. "Dot es fier misch alles Kabbes", meinte er noch knapp. "En Bux muss bei mir ebbes aushaale!"

Gurgeln für den Zahnerhalt

Wie alt ein Mensch ist, lässt sich heute vielfach auch an der Vollständigkeit seines Gebisses ablesen. Während in der Generation meiner Eltern noch relativ häufig bleibende Zähne gezogen wurden, wenn sie schadhafte Stellen aufwiesen, galt in meiner Altersklasse bereits das Mantra des Zahnerhalts. Ich kann mich deshalb glücklich schätzen, mit über 40 Jahren noch keinen bleibenden Zahn verloren zu haben.

In der Kindheit meines Opas waren die Dinge freilich noch etwas anders gelagert - damals gab es, zumindest in einigen ländlichen Regionen, noch nicht einmal ein Bewusstsein für regelmäßige Mundhygiene. Opa erzählte mir einst, dass seine Mutter ihm am Tag seiner Erstkommunion eine Zahnbürste in die Hand gedrückt und ihn aufgefordert hatte, sich die Zähne zu putzen. Sein Zusatz "Isch waahß net, wuh ohs Mamme dot Dinge off ahnmohl her hatt" ließ für mich nur die Schlussfolgerung zu, dass dies im Alltag offenbar nicht üblich war. Wohl auch aus diesem Grund kannte ich meine Großeltern nur mit einem nahezu kompletten Gebiss, obwohl sie zum Zeitpunkt meiner Geburt erst Mitte 50 waren.

Das Mundwasser der damaligen Zeit hieß übrigens noch nicht Odol oder auch Listerine: Bei schlechtem Atem oder auch bei Erkältungskrankheiten des Rachens wurde mit "Salzwasser gegurjelt". Dieses Hausmittel hatte laut Opa eine mindestens so gute Wirkung wie teurere Präparate "aus der Abodehk". Vermutlich wäre es auch bei der Bekämpfung des Coronavirus seine erste Wahl gewesen.

Keine Chance auf Zerstörung Karthagos

Als ich in der Schule Latein lernte, gehörte das Übersetzen berühmter Reden klassischer Altmeister wie Cicero und Cato regelmäßig zum Unterrichtsstoff. Unser Lehrer ließ keinen Zweifel daran, dass er den Aufbau der Ansprachen und die Art der Argumentation für hohe Kunst hielt. Schließlich hatten die bedeutenden Redner der Antike immer wieder selbst betont, wie mächtig das gesprochene Wort ist, wenn es überzeugend vorgetragen wird.

Bei aller Wertschätzung für die Rhetorik der römischen Feldherren und Philosophen ist jedoch davon auszugehen, dass Cato meinen Opa nicht davon überzeugt hätte, dass Karthago zerstört werden muss - jedenfalls nicht durch eine Rede. Im Gegenteil: In Opas Augen hätte er sich durch zu viel Geschwätz eher verdächtig gemacht, etwas anderes im Schilde zu führen oder gar von eigenen Schwächen ablenken zu wollen. Das vermeintliche Lob "Schwätze kann däh!" war bei Opa ein vergiftetes Kompliment, das meist Politiker und fahrende Händler traf. Auch sein Zusatz "Däh werd fiert Schwätze bezohlt!" sollte nicht als Wertschätzung missverstanden werden. Der Satz bedeutete nämlich, dass jemand sein Geld mit etwas verdiente, das aus Opas Sicht nichts wert war.

Punkten konnte man bei ihm hingegen, wenn man auch als Zugezogener oder "Studierder, däh en hieher Schohl besucht hott" ein paar Worte Wäller Platt beherrschte. Das stand in Opas Augen für Bodenständigkeit und zeigte, dass man "net iwwergeschnappt es". Vermutlich hätte auch Cato noch viel lernen müssen, um auf diesem Feld zu triumphieren.

Ein Mittagessen auf dem Dach

Meine Großeltern waren rund 40 Jahre verheiratet und hatten in dieser Zeit klare Rollenverteilungen entwickelt. Zu den Aufgaben meiner Oma zählte unter anderem die "Wäsch": Diese Arbeit beschränkte sich aber nicht aufs Waschen und Bügeln. Selbst das Herauslegen von frischer Kleidung für den Gatten, wenn es Zeit für einen Wechsel der Unterwäsche war, war Sache der Hausfrau. Besonders wichtig war überdies die pünktliche Zubereitung des Mittagessens, das auf dem Küchentisch stehen sollte, wenn "die Baggesglock klemmt" - also möglichst genau um 12 Uhr.

Da Opa nach Omas Tod noch rund 20 Jahre lebte und später keine Frau mehr im Haus war, musste er sich notgedrungen im fortgeschrittenen Alter einige Arbeiten im Haushalt aneignen. Vor allem beim Geleekochen entwickelte er großen Ehrgeiz. Die Verarbeitung des Obsts aus dem eigenen Garten war ihm so wichtig, dass er sich mit etwa 80 Jahren erstmals mit einem Einkocher und der Dosierung von Gelierzucker beschäftigte. Das Zubereiten warmer Mahlzeiten um die Mittagszeit blieb ihm allerdings fremd. Ein paar Bratwürstchen aus der Pfanne waren zwar möglich, einen "Erbelskuche" oder auch eine "Buhnesopp" bekam er allerdings selbst nicht hin.

Im fortgeschrittenen Alter erhielt Opa deshalb eine Weile tiefgefrorenes Essen vom DRK. Die Auswahl und Bestellung der Gerichte übernahm ich für ihn, da ich seinen Geschmack gut kannte. Das Aufwärmen in einem Wasserbad nach Vorbild eines Eierkochers eignete er sich an. Für Probleme sorgten jedoch gelegentlich die Lieferzeiten, die Opas Pläne für den Vormittag einschränkten. Einmal traf der Fahrer des Lieferdiensts Opa auf einer Leiter bei Reinigung der Regenrinne an; bei der Zustellung von "Essen auf Rädern" vermutlich ein eher ungewöhnlicher Anblick! "Isch muss hej Batsch ausm Kennel mache", rief der rüstige Senior dem überraschten Fahrer zu. "Stell däh Krohm aahnfach off die Trepp! Isch duhn den gleich fort!", ergänzte er noch. Die Portion empfand Opa an solchen Tagen übrigens als zu klein - die Menge war offenbar nicht für körperlich arbeitende Handwerker gedacht.

Süßigkeiten für die nächste Woche

Seit meiner Studienzeit in München bin ich dazu übergegangen, mehrmals pro Woche Lebensmittel einzukaufen. Ich hatte dort kein Auto, um größere Mengen zu transportieren, und kaum Lagermöglichkeiten in meinem kleinen Appartement. Praktischerweise gab es direkt um die Ecke einen Supermarkt, in dem es damals schon möglich war, bis 20 Uhr einzukaufen. Das war für mich eine neue Erfahrung, denn in meiner Kindheit und Jugend war es in meinem Elternhaus üblich, nur einen Lebensmitteleinkauf pro Woche zu tätigen. "Dunnerschsdaachs" wurde dann beim Aldi und Allkauf in Heiligenroth der Kofferraum vollgeknallt, um die hungrigen Mäuler eine Woche lang stopfen zu können. Meine Brüder und ich hatten es in den nächsten Tagen vor allem auf das Bar-Fach im Eiche-Rustikal-Wohnzimmerschrank abgesehen. Es enthielt jedoch keine Spirituosen, sondern Schokoladenriegel und Plätzchen, das sogenannte "Geschnuggel". Wer von den besten Sachen etwas abbekommen wollte, musste schnell sein. Bis zum nächsten Donnerstagseinkauf waren in der Regel nur noch ein paar Ladenhüter übrig, trockene Spekulatius zum Beispiel oder weiche Butterkekse.

Auch Opa hatte in seinem Wohnzimmer einen "Geschnuggelschrank". Seine Genügsamkeit zeigte sich allerdings auch dort, denn das Bar-Fach enthielt lediglich einige Tafeln Vollmilch- und Zartbitter-Schokolade eines namenlosen Herstellers. "Eh pohr Reppscher Schoggelohd" genehmigte sich Opa gelegentlich abends vor dem Fernseher, wenn gerade kein Fallobst zu verzehren war. Die Geschnuggel-Vorräte hielten bei ihm freilich deutlich länger und mussten nicht wöchentlich aufgefüllt werden.

Am Computer Munition gespart

Im Zweiten Weltkrieg kämpfte Opa als junger Soldat der deutschen Wehrmacht in Russland. Über die schrecklichen Erlebnisse dort sprach er später nur wenig. Gelegentlich jedoch beschrieb er seinen Einsatz an der Flak. Um diese Flugabwehrkanonen zu bedienen, wurden stets mehrere Männer benötigt - zum Nachladen, Zielen und Schießen. Die Flak war damals eine der modernsten Waffen. Tatsächlich lief es an der Front aber oftmals nicht so präzise und reibungslos ab, wie es in den Propagandafilmen der Nazis dargestellt wurde. Patronenhülsen mussten laut Opa neu befüllt und mehrfach verwendet werden. Sparsamkeit war offenbar auch beim Militär gefragt. Eine verbeulte Hülse, die sich im Kanonenlauf der Flak verkeilt hatte, führte schließlich dazu, dass Opa von einer Phosphorbombe getroffen wurde. Die russischen Piloten hatten bemerkt, dass es am Boden irgendwo klemmte, und nutzten diesen Vorteil aus. Opa überlebte schwer verletzt, was ihm am Ende vermutlich sogar das Leben rettete.

Als ich in den 90er-Jahren als Jugendlicher ein Kriegsspiel am Computer spielte, dachte ich freilich nicht daran, welche Erinnerungen derartige Bilder bei meinem Opa auslösen würden; zu weit weg war dessen Lebenswelt von meiner eigenen. Opa betrachtete die Geschehnisse auf dem Bildschirm eine Weile schweigend und konzentriert. Als er immer wieder mit ansehen musste, wie mein Panzer auf Fußtruppen schoss, hakte er schließlich mit einem Kommando ein: "Fohr driwwer!", meinte er kurz und knapp. "Dot spart Munition." Es war einer dieser Momente, in denen ich kurz lachen musste und dann vor Schreck erstarrte.

Wenn Boxen für Ruhe sorgt

Opa brauchte nicht viel Gesellschaft. Es machte ihm nichts aus, den Großteil des Tages alleine zu verbringen. Trotzdem war es für ihn eine Umstellung, als es in seiner Umgebung mit zunehmendem Alter immer ruhiger wurde. Irgendwann waren schließlich auch die Enkelkinder groß und fast alle aus dem Haus. Mehrere Jahre lang teilten wir uns mit zwei Personen Räumlichkeiten, die zeitweise von sieben Familienmitgliedern bewohnt worden waren. In dieser Zeit genoss es auch Opa dann sichtlich, wenn ich mich am Abend eine Weile zu ihm ins Wohnzimmer setzte, um gemeinsam fernzusehen.

Möglicherweise hätte ich dies noch häufiger tun können und sollen, doch dafür waren unsere Geschmäcker bei der Programmauswahl einfach zu verschieden. Einzig bei Fußballübertragungen konnten wir uns auf einen Sender einigen. Noch lieber als Länderspiele sah sich Opa allerdings Schwergewichts-Boxkämpfe an. Wenn einer der Klitschko-Brüder in den Ring stieg, blieb er dafür ausnahmsweise sogar länger auf. Das meist bescheidene Auftreten der ukrainischen Boxer, die nicht viele Worte über ihre Gegner verloren und stattdessen Taten sprechen ließen, war Opa stets sympathisch. Aufmüpfige oder großkotzige Sprüche des Kontrahenten im Vorfeld wurden im Ring bestraft. "Dot wohr rischdisch", freute sich Opa dann noch am nächsten Morgen über den aus seiner Sicht verdienten K.o.-Sieg eines Klitschkos. "Vierher hott däh anner die Schniss aufgeresse. Hinnerher hoss de nix mieh gehiert", fasste er verschmitzt lächelnd den zufriedenstellenden Verlauf des Abends zusammen.

Autofahrten ohne bekannte Defizite

Opa war schon fast 50 Jahre alt, als er sich entschied, den Autoführerschein zu machen. Anlass war der geplante Bau seines Eigenheims in Untershausen. Da meine Großeltern damals noch in Ransbach-Baumbach wohnten und arbeiteten, brauchte Opa die Fahrerlaubnis, um jederzeit die Baustelle erreichen zu können. Dort war nach Feierabend schließlich immer etwas zu tun. Da er laut eigener Aussage aber eigentlich schon gut fahren konnte, waren die Fahrstunden und die Prüfung nur eine Formsache - schließlich hatte Opa bereits berufliche Erfahrung als Staplerfahrer gesammelt. "Isch senn emohl en Rond met demm em die Eck gefohre. Duh hott dä joh schon gesehe, wott los es", beschrieb Opa seine erste Begegnung mit dem Fahrlehrer. Viel kann sein Führerschein nach heutigen Maßstäben jedenfalls nicht gekostet haben.

Von seinen Fahrkünsten blieb Opa zeitlebens überzeugt. Auch als seine Augen im Alter schlechter wurden und sein Reaktionsvermögen nachließ, hatte er stets noch Tipps und Empfehlungen für die jüngere Generation auf Lager, die sogenannten "Kniffe". Opa rühmte sich in diesem Zusammenhang immer wieder dafür, schon seit Jahrzehnten unfallfrei unterwegs zu sein. Angesichts der zunehmenden Anzahl von Dellen und Kratzern im Lack seines Opel Corsa erschienen in den letzten Jahren jedoch Zweifel an diesem Selbstbild angebracht. Vor allem nach Einkaufstouren ins Industriegebiet Heiligenroth schimpfte Opa wiederholt: "Doh hott mir doch widder suh en Drecksack en Schramm in die Diehr gehaue!" Der Verdacht, dass es womöglich etwas anders abgelaufen ist, lag zwar nahe, aber man wird es ihm nicht mehr beweisen können.

Auf dem Heiratsmarkt stets begehrt

"Jedes Deppsche hat sei Deggelsche" lautet eine Redensart im Westerwald und einigen Teilen Hessens, die andeuten soll, dass auf dem Heiratsmarkt jeder, der einen Partner oder eine Partnerin sucht, tatsächlich fündig werden kann. Die Redewendung verkennt allerdings, dass die Geschlechter in Deutschland keinesfalls gleichmäßig verteilt sind. Für einen jungen Mann ist es angesichts eines statistischen Männerüberschusses in seiner Generation jedenfalls etwas schwieriger, eine passende Partnerin zu finden, als dies umgekehrt der Fall ist. Mit zunehmenden Alter kehren sich die Verhältnisse angesichts der höheren Lebenserwartung der Frauen dann um.

Mein Opa musste sich mit Ende 20 hingegen keine Sorgen machen, ob er eine passende Partnerin findet - nach dem Zweiten Weltkrieg und dem Tod vieler Soldaten seiner Generation gab es deutlich mehr bindungswillige Frauen als Männer. "Isch konnt na nohm Kriesch wievill heirohde!", verkündete Opa regelmäßig noch Jahre später. Ähnliche Erfahrungen machte er im Seniorenalter nach dem Tod meiner Oma, denn als rüstiger Rentner Ende 70 gehörte Opa erneut zur "Mangelware" - die Zahl der bindungswilligen Witwen übersteigt die Zahl der ungebundenen Männer bekanntlich deutlich. Opa hatte dennoch kein Interesse mehr an einer Partnerschaft. Für ihn war die Lebensplanung in dieser Hinsicht abgeschlossen. Selbstlos, wie er laut eigener Schilderung war, hatte er dabei nur das Wohl seiner Nachkommen im Blick. "Isch mache dot joh och fier auch!", erklärte er stets. Eine Erbschleicherin, die nach seinem Tod die Fühler nach dem hart erarbeiteten Eigenheim ausstreckt, konnte er nun wirklich nicht gebrauchen.

Wenn Kranke zu empfindlich sind

Opa war eine kerngesunde Ur-Natur. Nicht krank zu sein, war für ihn mehr als Schicksal oder bloßes Glück. Er hielt körperliche Gesundheit für eine Lebenseinstellung und brachte deshalb nur wenig Verständnis für Krankheiten und Gebrechen anderer Menschen auf. Als ich vor Jahren einmal mit einer diabetesbedingten Unterzuckerung hilflos auf dem Sofa lag, rief er nicht etwa einen Notarzt, sondern kritisierte den "Faullenzer, däh om hellischte Daach off der Kautsch lejt".

In der Regel hielt Opa Klagen anderer Menschen über ihren Gesundheitszustand selbst dann noch für "iwwertriwwe", wenn durchaus Anlass zur Sorge bestand. Ich erinnere mich noch gut daran, wie er einst auf die Nachricht von einer Krebserkrankung bei einer Verwandten reagierte: "Die wohr schon immer eh bissche empfindlisch", meinte Opa seinerzeit beschwichtigend. "Hinnerher wohr et dann meistens doch net suh schlemm, wie vieher gedohn wurr", ergänzte er. Ob es tatsächlich nicht so schlimm war, wie es im Gespräch dargestellt worden war, vermag ich nicht abschließend zu beurteilen. Im Ergebnis jedoch behielt Opa mit seiner Einschätzung recht: Die Frau lebte nach der Diagnose noch viele Jahre und erreichte ebenfalls ein stattliches Alter.

Ich kann mich rückblickend an höchstens eine Handvoll Fälle erinnern, in denen Opa die Erkrankung eines Freunds oder Verwandten wirklich ernst nahm - dann jedoch wusste man in seinem Umfeld, was die Stunde geschlagen hatte. Nach Opas Einschätzung "Däh es kränger, wie mir all mahne" lebte der Betroffene in der Regel keine Woche mehr.

Jeder Tropfen Bier ist kostbar

Wenn ich als junger Erwachsener zu einer Feier eingeladen war und nicht selbst mit dem Auto nach Hause fahren musste, bestand ein gewisses Risiko, dass ich am nächsten Morgen verkatert aufwachen würde. Die Überzeugung, dass man noch ein weiteres Bier verträgt, obwohl man es eigentlich längst besser wissen müsste, nimmt mit steigendem Alkoholpegel leider bei den meisten Menschen zu. Ich kann mir jedenfalls ausmalen, wie der Spruch "Das letzte Bier muss schlecht gewesen sein" entstanden ist.

Opa hingegen war auch beim Trinken sehr diszipliniert. Ob er in der Jugend mal richtig besoffen war, ist nicht überliefert. Seine bereits angebrochenen Bierflaschen stellte er in fortgeschrittenem Alter jedenfalls regelmäßig mit einem wieder verschließbaren Stopfen zurück in den Kühlschrank, um später am Abend weiterzutrinken. Jeder Schluck aus der Halbliter-Flasche Fohr (oder einer anderen, gerade besonders preiswerten Marke) wurde zelebriert und mit einem zufriedenen "Ahhh"-Laut kommentiert, den wir als Kinder gelegentlich nachahmten. Hastiges Trinken war bei Opa - auch aus Kostengründen - verpönt. "Dot einzische Bier, dot net deijrer werd, es et Freibier", pflegte er stets zu sagen. Bekannte, die ein paar Jahre jünger als er selbst und dem Alkohol nicht abgeneigt waren, bezeichnete er gerne doppeldeutig als "Wirtschaftswunderkinder". Deren Maßlosigkeit allerdings konnte Opa nicht nachvollziehen. "Wenn se hinnerher krank senn, kann isch se net douern", lautete sein hartes Urteil.

Bei Hektik schrillen die Alarmglocken

Im Büro gelte ich als relativ stressresistenter Mensch. Wenn ich unter Zeitdruck noch einen Artikel fertigstellen muss, bringt mich das in der Regel nicht aus der Ruhe. Mitunter empfinde ich es sogar als spannende Herausforderung. Ganz anders ist es jedoch um meine Geduld bestellt, wenn ich mich als Heimwerker versuchen und zum Beispiel ein Möbelstück zusammenbauen muss. Solche Dinge gehen mir überhaupt nicht gut von der Hand, und entsprechend kurz ist dann mein Geduldsfaden. Leider sieht man das dann meistens auch dem Ergebnis an.

Opa war mir in diesem Punkt gar nicht so unähnlich. Er hatte zwar völlig andere Talente als ich, blieb aber ebenfalls unter Stress sehr lange ruhig, wenn ihm die Tätigkeit grundsätzlich lag. Dünnhäutig und nervös reagierte er hingegen, wenn er unter Zeitdruck einen Termin zu verpassen drohte. Schon die Aussicht, möglicherweise 5 Minuten zu spät beim Arzt oder in der Kirche anzukommen, ließ bei Opa alle Alarmglocken schrillen. "Et es alsfort wot anneres", schimpfte er dann. "Mah hott kah finf Minnude Ruh", meinte er, wenn er wiederholt in der Konzentration gestört wurde. Dass der Gipfel der Belastbarkeit erreicht war, zeigte schließlich sein Ausspruch: "Isch senn schon ganz dillerit im Mattes!" In diesen Momenten stand Opa kurz davor, den Termin komplett ausfallen zu lassen und einen neuen Anlauf zu nehmen, "wenn mah widder klohr im Kopp es!"

Die coolen Jungs sitzen hinten

In meiner Schulzeit waren die beliebtesten Sitzplätze stets die Plätze in der letzten Reihe. Wer im Klassenzimmer ganz vorne beim Lehrer saß, galt entweder als Streber oder wurde bemitleidet, weil er keinen Platz weiter hinten ergattern konnte. Auch bei Versammlungen mit freier Platzwahl blieb die erste Reihe leer, und selbst im Schulbus saßen die coolsten Typen ganz hinten auf der Rutsche - ein Status, der mir in der Regel verwehrt blieb.

Lange Zeit dachte ich, dass dieses Verhalten lediglich die Jugend auszeichnet. Schließlich deutete der Werbeslogan "Bei ARD und ZDF sitzen Sie in der ersten Reihe" an, dass eine Position weiter vorne mit steigendem Lebensalter erstrebenswerter wird - im Theater oder bei Konzerten zahlt man den höchsten Ticketpreis ja bekanntlich auch nicht für die "Rutsche" am Saalausgang. Wenn ich meinen Opa jedoch in die Kirche nach Holler begleitete, drängte sich der Verdacht auf, dass die Sitzordnung der Jugend auch dort mehrheitsfähig ist. Noch mit 60 oder 70 Jahren zog es Opa stets auf die Empore, die auch "die Liehn" genannt wurde. Diese war in meiner Kindheit und Jugend reiferen Männern vorbehalten. "Kinner un Fraahmenscher" hatten dort nichts zu suchen. In späteren Jahren drängten sich die älteren Herren und Damen dann in den hinteren Bänken unter der Empore (sauber nach Geschlechtern getrennt), während der Pfarrer vorne auf viele leere Plätze schaute. Das Einhalten der Sitzordnung war Opa so wichtig, dass er sich vermutlich eher in den Gang gestellt hätte, als in der ersten Reihe Platz zu nehmen. Coole Jungs bleiben eben auch im Alter coole Jungs!

Der alte Mann und das Klo

Der demografische Wandel hat Deutschland schon längst voll im Griff. Im Büro zähle ich mit mittlerweile 43 Jahren immer noch zu den Jüngeren, wie meine Arbeitskollegen mich regelmäßig wissen lassen. Den Satz "Dau bes joh noch jung" hörte ich früher auch von meinem Opa regelmäßig. Mit der Zeit lernte ich jedoch, diese Aussage richtig einzuordnen. Für Opa war jeder jung, der nach ihm geboren war, und in seinen letzten Lebensjahren galt das bekanntlich sogar für Menschen über 80. Von diesen "junge Kerle" erwartete er allerdings weiterhin körperliche Höchstleistungen. Die schwerfälligen Bewegungsabläufe eines Bekannten, der fast 20 Jahre jünger war als Opa, kommentierte er entsprechend spöttisch. "Däh bewehscht sisch wie suh en ahler Mah", meinte er schmunzelnd. Meinen Einwand, dass es sich ja auch tatsächlich um einen alten Mann handelt, ließ Opa nicht gelten.

Dass auch ich nicht die ewige Jugend gepachtet habe, wurde mir jedenfalls erst vor Kurzem schmerzlich vor Augen geführt. Als ich mit meiner Frau ein befreundetes Paar besuchte, benutzte ich in deren Wohnung versehentlich die falsche Toilette. Die dreijährige Tochter unserer Freunde verpetzte mich anschließend bei ihrem Vater mit den strengen Worten: "Papa, der alte Mann hat nicht das Gästeklo benutzt!" Kindermund tut Wahrheit kund, sagen die einen. Alter ist relativ, meinen andere - und in diesem Fall schließe ich mich selbstverständlich der zweiten Gruppe an.

Bei Opa mussten Frauen stark sein

Mit einer etwas holprigen Kampagne versuchte der Deutsche Fußballbund (DFB) vor einiger Zeit, Mädchen und Frauen für den Ballsport zu begeistern. Erreicht werden sollte das mit dem absichtlichen Grammatikfehler "Fuß/ball, die (feminin)", den ich zugegebenermaßen etwas albern fand. Ich musste allerdings sofort daran denken, dass wir Westerwälder es mit dem korrekten Artikel auch häufig nicht so genau nehmen. In meiner Familie zum Beispiel heißt es schon immer "die Saloht". Meine wiederkehrenden Hinweise als Berufsschreiber, dass laut Duden "der Salat" richtig wäre, verpuffen ungehört.

Besonders tapfer mussten Freunde korrekter Grammatik bei meinem Opa sein. Der änderte bei Vertretern des weiblichen Geschlechts nämlich konsequent alle Artikel von "die" zu "dot". Führt man sich vor Augen, dass es sich hierbei um die Mundartversion des Artikels "das" handelt, wirkt dies nicht besonders charmant. Opa jedenfalls machte bei der Versachlichung nicht einmal vor seiner eigenen Gattin halt, wie "dot Ottilie" erfahren musste.

Mit der korrekten Namensnennung war "frau" beizeiten übrigens noch gut bedient. Wenn Opa weniger höflich aufgelegt war, konnte daraus auch "dot Fraamensch" oder noch allgemeiner "dot Mensch" werden. "Das Mensch", wie man in diesem Fall auf Hochdeutsch sagen würde, war freilich stets eine Frau. Das verriet dem Sprachkenner bereits der erwähnte Artikel. Wer weiß, vielleicht war die Kampagne des DFB am Ende ja nur die späte Rache meiner Oma und vieler Frauen ihrer Generation für die Jahrhunderte lange Versachlichung des weiblichen Geschlechts im Westerwald?

Ferngespräche für Vermögende

Wer heute die Rufnummer eines Dienstleistungsunternehmens wählt, landet allzu häufig in einem Callcenter. Mit ein bisschen Glück spricht der Mitarbeiter zumindest fließend Deutsch und versteht etwas von der Materie. Ich habe es aber auch schon erlebt, dass mich derartige Anrufe trotz inländischer Vorwahl direkt in ein Callcenter in Indien führten. Dank des Internets spielen die Verbindungspreise ins ferne Ausland inzwischen wirtschaftlich keine Rolle mehr. Da wünscht sich mancher Kunde vermutlich die alten Münztelefone zurück.

Doch auch die Zeiten ohne Handy, Whatsapp und Skype hatten ihre Nachteile, wie die jährlichen Telefonanrufe meiner Großeltern aus dem Sommerurlaub in Ruhpolding zeigten. Nach der stundenlangen Anfahrt wollten sie der Familie zu Hause ein Lebenszeichen senden. Die Telefonate aus der gelben Zelle im Zentrum des oberbayrischen Urlaubsorts liefen dabei stets nach dem gleichen Muster ab. Meine Oma meldete sich mit den Worten: "Hej, mir senn dot! Mir wollde nur Bescheid soohn, dat mir gut onnkomme senn." Viel mehr Inhaltliches wurde nicht ausgetauscht. Es gab allenfalls noch ein paar kurze Durchsagen zum Wetter. Der Fokus verschob sich danach umgehend auf den Preis des Ferngesprächs. Die "Grosche", die meine Oma ins Münztelefon eingeworfen hatte, "rassele hej nuhr su dursch", hieß es dann. "Mir konne noch kurz schwätze, awwer isch senn gleisch fort", ergänzte sie meist. "Mir melle ohs die anner Wuch nochemohl", war oftmals als letzter Satz zu hören, bevor die Verbindung plötzlich abriss. Opa begleitete diese Gespräche übrigens meistens schweigend mit abwinkenden Handbewegungen. Für ihn war das Ganze ohnehin nur "unniedisches Geschwätz".

Vokabeln ohne Dudenbezug

Wenn ich gefragt werde, welche Fremdsprachen ich fließend beherrsche, antworte ich meistens: "Leider nur Englisch!" Korrekt wäre aber eigentlich: "Englisch und Wäller Platt!" Die Mundart in meiner Heimatregion ist strenggenommen zwar nur ein Dialekt. Allerdings hat sie im Laufe der Zeit einige Vokabeln hervorgebracht, die man Menschen aus anderen Regionen Deutschlands übersetzen muss. Oft handelt es sich dabei um ehemals französische Wörter, die in der Besatzungszeit nach den Kriegen im Westerwald eingeführt wurden und sich durch die Mundart im Klang stark verändert haben. Beispielhaft seien hier Schesslong, Pottmanie oder auch Troddewahr genannt.

Besonders fasziniert haben mich allerdings stets die Wörter, die man gar nicht mit einem einzigen Begriff ins Hochdeutsche übersetzen kann, weil sie mehrere Bedeutungen haben. Meine Oma zum Beispiel kritisierte mitunter, dass ich ihrer Meinung nach zu schnell sprach. Sie sagte dann: "Raddel doch net suh!" Ein weiteres Beispiel ist das Wäller Verb "fispeln", das man noch am ehesten mit "zappeln" übersetzen könnte, auch wenn es den Sinn nicht hundertprozentig trifft.

Ein paar wenig schmeichelhafte Beschreibungen seiner Mitmenschen in Wäller Mundart hatte auch Opa auf Lager. So konnte ein Mann, mit dem er nicht gut zurechtkam, bei ihm zu einem "sturen Stagges" werden. Eine Frau mit zweifelhaften Charakterzügen nannte Opa ein "laatzes Schinnotzt". Eine offizielle Dudenversion kann ich in diesen Fällen leider nicht anbieten.

Ausrangierte Mode für den Garten

Wenn es um die Gartenarbeit ging, war Opa jedes Kleidungsstück gut genug. Am liebsten trug er zwar einen alten Blaumann oder eine strapazierfeste "Manschester-Bux". Nach 30 Jahren Rentnerleben waren diese "Klamodde" aber selbst nach Opas Maßstäben verschlissen, weshalb er sich auf die Suche nach Alternativen begeben musste. Etwas Neues zu kaufen, kam jedoch nicht infrage, und die gute Sonntagsgarderobe schied für diesen Anlass ebenfalls aus. Dass Opa Kleidungsstücke buchstäblich bis zur letzten Faser verbrauchte, zeigte sich nicht zuletzt bei den "Lombe un Lappe", die er zum Reinigen seiner Gartengeräte verwendete. Bei genauerem Hinsehen entpuppten sich diese nämlich meist als Reste von alten Unterhemden oder langen Unterhosen.

Eines Tages, als wir Opa mal wieder vom Balkon bei der Gartenarbeit beobachteten, fiel uns seine neue Garderobe auf. Von Weitem konnten wir allerdings nur erkennen, dass seine Hose in einem eher ungewöhnlichen Beige-Farbton gehalten war. Sollte sich Opa etwa doch eine leichte Sommerhose für die Gartenarbeit gekauft haben? Die Antwort lautete natürlich "Nein". Die Hose hatte er einem Altkleidersack entnommen, den wir zum Entsorgen vor der Haustür bereitgestellt hatten. Und es war, wie wir bei näherer Betrachtung feststellen mussten, eindeutig eine ausrangierte Damenhose meiner Mutter. Doch selbst der taillierte Schnitt hatte Opa nicht vom Tragen des eher modischen Kleidungsstücks abhalten können. Der Stoff war aus seiner Sicht schließlich noch längst nicht "verrisse". Den kritischen Hinweis, dass es sich nicht um eine Hose für "Mannskerle" handelte, konterte er mit dem knappen Kommentar: "Fier de Gohrde es die noch gut!"

Eine Ehe ohne Geschenke

Der Partnerin ab und zu einen Blumenstrauß mitzubringen, gehört bei vielen Männern zum guten Ton. Auch meine Frau freut sich darüber. Vor allem zu unseren Jahrestagen oder am Valentinstag, der in ihrem Heimatland, den Philippinen, eine größere Bedeutung hat als in Deutschland, sollte ich eine kleine Aufmerksamkeit nach Möglichkeit nicht vergessen.

Bei meinen Großeltern hingegen waren solche Dinge nicht üblich. Opa brachte allenfalls mal einen Blumenstrauß mit, wenn meine Oma im Krankenhaus lag. Ansonsten schenkten sie sich gegenseitig nichts - auch nicht zum Geburtstag oder zu Weihnachten. Möglicherweise lag es daran, dass sie in der Kindheit so viel Armut und Hunger erlebt hatten, dass ihnen ein normaler Alltag ohne besondere Aufmerksamkeiten genügte. Für meinen Opa galt das mit Sicherheit, bei meiner Oma wussten wir es nicht so genau. Kurz vor einem Weihnachtsfest Anfang der 90er-Jahre waren meine Eltern jedenfalls der Meinung, dass sich Oma über ein Geschenk ihres Gatten freuen würde. Es waren einige Überredungskünste erforderlich, bevor Opa dem Kauf von Ohrringen schließlich zustimmte, denn eigentlich waren Geschenke im engsten Familienkreis seiner Meinung nach "unniedischer Bleedsinn". Die Auswahl der Ohrringe überließ er seinem Sohn und seiner Schwiegertochter. Als Oma schließlich an Heiligabend dieses unerwartete Geschenk erhielt, flossen Tränen der Rührung. Ihr erster Gang führte "zwesche däh Johre" allerdings trotzdem zum Juwelier nach Montabaur, um die Ohrringe gegen ein anderes Modell umzutauschen. So richtig romantisch war sie offenbar auch nicht veranlagt.

Ein Rindvieh aus Schall und Rauch

Namen sind nur Schall und Rauch! So lautet eine Redensart, die auf Goethes Faust zurückgeht und die uns daran erinnern soll, dass auch Ruhm vergänglich ist. Gleichwohl beschäftigt viele Menschen die Frage, wo ihr Name eigentlich herkommt, was er bedeutet und was man daraus womöglich über die eigenen Vorfahren ableiten kann. Eine Radiosendung, in der ein Namensforscher derartige Fragen zu klären versucht, ist nicht ohne Grund ein Dauerbrenner in Rheinland-Pfalz.

Ob das auch meinen Opa interessierte, weiß ich nicht so genau. Er hat mir jedenfalls nie erklärt, wo der Familienname Ferdinand seiner Auffassung nach herkommt. Andere Namen hingegen beschäftigten ihn häufiger - vor allem, wenn sie aus seiner Sicht unfreiwillig komisch oder aus religiösen Gründen schambesetzt waren. Der Familienname Teufel beispielsweise wäre Opa sehr unangenehm gewesen, wie er mir mehrfach versicherte. Schließlich könnte er dazu führen, dass man ein ganzes Leben lang von anderen als "Däiwel" bezeichnet wird. Das musste er als Gottfried glücklicherweise nicht befürchten! Doch auch ein vermeintlich harmloser christlicher Vorname konnte in Verruf geraten: Die Zeile "Schau ich mir dieses Rindvieh an, dann denk ich an mein Christian" aus einem Volkslied hatte den Respekt meines Opas vor dem namentlichen Anhänger Christis zerstört. Mit einem Schmunzeln im Gesicht erzählte er mir einst: "Wenn eisch Christian hiere, muss eisch iwisch onn eh Rendvieh denge!" Und etwas mitleidig ergänzte er dann: "Dot es joh och net schieh, wenn mah suh häßt." Alle Christians, die diese Zeilen lesen, können trotzdem beruhigt sein, denn für jüngere Generationen ist dieser Zusammenhang längst nur noch Schall und Rauch.

Ein Hobbyrichter am Frühstückstisch

Die Berichterstattung über Gerichtsprozesse zählte zu Opas bevorzugter Lektüre, wenn er morgens die Westerwälder Zeitung las. Er wollte stets genau wissen, was an "Unduchdereie" in der Nachbarschaft geschah. Enttäuscht reagierte er jedoch zumeist auf die Urteile, denn diese waren nach seinem Geschmack fast immer zu mild - und das nicht etwa, weil das Gesetz keine härtere Bestrafung zugelassen hätte, sondern weil die Richter laut Opa "Engst honn, die Kerle rischdisch ze bestrohfe". Hätte Opa selbst die Urteile gesprochen, dann wären härtere Zeiten für Ganoven angebrochen, falls man seinen Worten glauben durfte, denn er hatte freilich keine Angst vor den möglichen Konsequenzen. "Die Kerle senn net wert, dass die Sunn se bescheint", meinte er in solchen Fällen gnadenlos.

Die Verbrecher unterteilte er übrigens in mehrere Gruppen: Oftmals handelte es sich bei ihnen um "Gauner, die em die Hejser schleische". Strafrechtlich waren hiermit alle sogenannten Vermögensdelikte gemeint, also Einbruch, Diebstahl oder auch Betrug. Eine zweite Gruppe von Kriminellen bildeten bei Opa die "Faulenzer", wobei ihre Vergehen (Bequemlichkeit oder auch Trägheit) oftmals gar keine Straftaten im juristischen Sinne darstellten. Das war laut Opa jedoch eine Gesetzeslücke. Die dritte und vermutlich größte Gruppe waren schließlich die "Drecksäck". Dieser Begriff umfasste alle Personen, die vorsätzlich Schlechtes im Schilde führten und nicht zu einer der beiden anderen Gruppen zählten. Die Bandbreite war bei Opa extrem groß: Sie reichte vom frechen und vorlauten Kind bis zum kriegstreibenden Diktator. Ob allen Drecksäcken im Zweifelsfall ein ähnliches Strafmaß gedroht hätte, ist allerdings nicht überliefert.

Ein Leben lang Selbstversorger

Nach Monaten der Dunkelheit und Kälte sehnen die meisten Menschen in Deutschland zum Ende des Winters das Frühjahr herbei. Endlich kann man wieder draußen sitzen oder nach Feierabend noch eine Runde mit dem Fahrrad drehen. Auch die Stimmung der Leute hellt sich etwa ab März spürbar auf. Gleichwohl wird das Leben hierzulande bei Weitem nicht mehr so stark von den Jahreszeiten beeinflusst, wie es in der Kindheit und Jugend meines Opas der Fall war. Damals ernährten sich die Westerwälder noch überwiegend von Erzeugnissen ihres eigenen kleinen Gartens oder Bauernhofs. Was auf den Tisch kam, war vor allem vom Ertrag der Ernte und der Haltbarkeit der Lebensmittel abhängig.

Die Ausrichtung der Ernährung an den Jahreszeiten hatte Opa über so viele Jahre eingeübt, dass er sie auch im hohen Alter beibehielt, obwohl man inzwischen längst ganzjährig frisches Obst und Gemüse im Supermarkt kaufen konnte. Opas "Erbel" wurden trotzdem weiterhin für den Winter eingelagert, und das Obst meiner Großeltern wurde eingekocht und in "Ennmachgläsern" im Kellerregal abgestellt. Wenn die "Äppel" oder auch die "Embam" reif waren, hatten noch in den 1980er- und 1990er-Jahren auch seine Enkel Gewehr bei Fuß zu stehen. Zum "Raffe un Plecke" wurde bei gutem Wetter jede helfende Hand gebraucht. Ich muss gestehen, dass mir diese Arbeit angesichts der ständigen Verfügbarkeit aller Obstsorten im Supermarkt als Kind oftmals lästig war und unnötig vorkam. Erst in jüngerer Vergangenheit lernte ich angesichts von Seuchen und Krieg in Europa den Wert der Selbstversorgung zu schätzen.

Ein Invalid ohne Versicherungsschutz

Vor ein paar Jahren habe ich einmal versucht, eine Berufsunfähigkeitsversicherung abzuschließen. Versicherungsagenturen rieten mir dringend dazu, bis sie herausfanden, dass ich Diabetiker bin. Ab diesem Zeitpunkt war es plötzlich entweder aus Kostengründen nicht mehr empfehlenswert oder schlichtweg unmöglich. Die Gefahr, dass ich die Police tatsächlich eines Tages brauchen könnte, war den Beratern offenbar zu groß.

Mein Opa hätte ohnehin nur wenig Verständnis für eine solche Versicherung und die damit verbundenen Kosten gehabt, denn der Begriff "berufsunfähig" kam in seinem Wortschatz nicht vor. Opa war offenbar so stark von seiner Zeit bei der Wehrmacht geprägt, dass er nur noch im militärischen Sinne zwischen tauglich und untauglich unterschied - und damit man untauglich wurde, musste schon verdammt viel passieren. Wenn Opa davon hörte, dass jemand aus gesundheitlichen Gründen nicht arbeitete, fragte er deshalb stets: "Es dot dah schon en Invalid?" Jemanden, der nach längerer Krankheit an den Arbeitsplatz zurückkehrte, bezeichnete er hingegen als "k.v.", was für kriegsverwendungsfähig stand. Er selbst hatte bei der Explosion einer Phosphorbombe im Zweiten Weltkrieg lebensgefährliche Verbrennungen erlitten und galt trotzdem nach wenigen Monaten wieder als "k.v." Für Leute, die wegen einer Erkältung oder wegen Rückenschmerzen zum Arzt gingen und deshalb gar dem Arbeitsplatz fernblieben, hatte er entsprechend wenig Verständnis. "Däh mescht hej ahne ohf Invalid", lautete in diesen Fällen sein hartes Urteil. "Fier misch senn dot Faulenzer", ergänzte er dann noch spöttisch - ein schwieriger Fall für Versicherungsvertreter.

Ein Ring Fleischwurst für den Lehrer

Von vielen Schulfächern, die in meiner Kindheit und Jugend auf dem Stundenplan standen, hatte Opa nahezu keine Ahnung. Fächer wie Physik, Chemie oder auch Englisch gehörten in seiner Schulzeit in einer kleinen Dorfschule im Westerwald noch nicht zum Lehrplan. Damals musste ein einziger Lehrer mehrere Altersstufen gleichzeitig in einem Raum unterrichten, und der konnte natürlich auch nicht alles wissen.

Umso erstaunter war ich mitunter, wie gut Opas Allgemeinbildung auf einigen Gebieten war. Trotz dieser sicherlich nicht optimalen Bedingungen kannten sich viele Menschen seiner Generation zum Beispiel wesentlich besser mit Heimatkunde aus als die heutigen Schüler. Opa konnte die Bäume im Wald noch allesamt an ihren Blättern erkennen und korrekt benennen - eine Fähigkeit, die schon meiner Generation weitgehend abhanden gekommen ist.

Eine lustige Geschichte, die Opa mitunter erzählte, hatte sich in einer Deutschstunde der "Unnerschäuser" Dorfschule zugetragen. Der Schulrat wollte den Kindern damals beibringen, wie man zusammengesetzte Hauptworte bildet, und forderte sie auf, entsprechende Beispiele zu formulieren. Ein nicht ganz so cleveres Kerlchen meldete sich nach einiger Bedenkzeit vorsichtig zu Wort und gab seine Antwort "Hängel Wurscht" zum Besten. "Doh musst sugohr däh Schulrohd emohl lache, un däh hott soß nie gelacht!", berichtete Opa noch Jahrzehnte später erheitert. "Däh Kerl hott däh ganse Daach nur onn et Fräße gedohcht."

Drecksäcke ohne Zinsbindung

Im Jahr 2022 zeichnet sich etwas ab, das Sparer schon eine gefühlte Ewigkeit nicht mehr erlebt haben: Es gibt wieder Zinsen auf Guthaben bei der Bank - zu wenig natürlich, um die Folgen der Inflation auszugleichen, aber immerhin ein Hoffnungsschimmer für alle, die sich mit alternativen Formen der Geldanlage nicht auskennen. Zu diesen Leuten zählte auch mein Opa, der sich in seinem Leben nie mit Aktien oder Fonds beschäftigt hat. Als das Eigenheim bezahlt war und jeden Monat etwas Geld übrig blieb, wollte er dies am liebsten auf dem Sparbuch verwahren - schon der Begriff war ihm sympathischer als das Wort Girokonto. Daneben kam eigentlich nur noch eine befristete Geldanlage mit festem Zinssatz in Betracht. Noch Jahrzehnte später erinnerte er sich daran, wie er einmal einen besonders günstigen Zeitpunkt für eine solche Anlage erwischt hatte. "Doh kroch isch emohl en Zeitlang achthalb Prozent", erzählte er stolz und unterstrich die Aussage noch mit dem Zusatz: "Iwwerlehsch dir dot emohl!"

Zum Ende seines Lebens wurde er dann jedoch Zeuge der jahrelangen Niedrigzinsphase, in der sogar Negativzinsen auf Sparguthaben drohten - und bei diesem Thema wurde Opa "kribitzisch". Sein Zorn traf jedoch nicht die EZB, sondern "die Drecksäck" bei seiner Hausbank. Auch die Erläuterungen meines jüngeren Bruders, der selbst zu diesen "Drecksäcken" zählt, konnten Opa nicht besänftigen - zu groß war sein Ärger. "Isch soll denne Kerle noch Geld bezohle?", fragte Opa erbost. "Die wolle doch ebbes von mir!" Dass auch die Banken die Gehälter ihrer Mitarbeiter erwirtschaften müssen, ließ Opa als Erklärung zwar gelten, "awwer alles met Maß un Ziel", meinte er noch knapp. "Domet es alles geschwätzt!"

Vertrocknetes Brot für eine Vogelscheuche

Die Westerwälder Mundart ist relativ gut dafür geeignet, das Erscheinungsbild anderer Menschen zu beschreiben. Oftmals gehen optische und charakterliche Merkmale fließend ineinander über. Wenn Opa eine Person zum Beispiel als "verhutzelt" beschrieb, war damit zwar in erster Linie ein faltiges und vertrocknetes Aussehen gemeint. Seine Beschreibung "Dot es suh eh verhutzelt Krestsche" ging jedoch über äußerliche Merkmale hinaus. Sie umfasste auch eine gewisse Rückständigkeit und Umständlichkeit, die Opa mitunter der älteren Landbevölkerung unterstellte, obwohl er selbst zu dieser Gruppe zählte. Wenn Opa hingegen von einem "rischdisch degge Watz" sprach, meinte er damit meist auch die geistige Trägheit der betreffenden Person, die in diesem Fall allerdings mit einem massigen Körperbau einherging.

Dass sich Opas Beschreibung ausschließlich auf die körperliche Attraktivität eines anderen Menschen bezog, kam hingegen äußerst selten vor - er maß Äußerlichkeiten eigentlich keine große Bedeutung zu. Umso überraschter war ich, als er die Partnerwahl eines Bekannten einst süffisant grinsend mit dem Satz "Doh hott däh sisch joh en schiene Kabbesscheusel ausgesucht" kommentierte. Ich wusste mit dem Begriff zunächst nichts anzufangen und musste deshalb nachfragen, was denn eine "Kabbesscheusel" ist. "Ei, die Dinger, die offm Feld stiehn, damet die Vehel fortfliehe un dot Korn net offpicke", erklärte er mir. "Doh waahs mah net so rischdisch, wuh hinne un wuh vorne es." Spätestens in diesem Moment hatte ich verstanden, dass Opa der beschriebenen Dame soeben kein Kompliment gemacht hatte.

Pfeifend bei der Arbeit

Wenn ich konzentriert vor dem Computer sitze und schreibe, neige ich manchmal dazu, mir unabsichtlich auf die Unterlippe zu beißen - sobald ich dies bemerke, ärgere ich mich über mich selbst. Aber so ist das leider mit bestimmten Marotten: Man hat sie einfach nicht unter Kontrolle.

Auch mein Opa hatte eine solche Angewohnheit: Er pfiff beim Arbeiten die ganze Zeit unterbewusst vor sich hin. Als Zuhörer konnte man keine eindeutige Melodie erkennen. Es waren eigentlich nur drei oder vier Töne, die sich ständig wiederholten und zeigten, dass Opa komplett bei der Sache und ganz in seinem Element war. Wer ihn gut kannte, konnte überdies schon am Pfeifton erkennen, ob ihm die Arbeit Spaß machte und erfolgreich war oder ob es irgendwelche Probleme gab. Dann nämlich wurde der Pfeifton energischer und die Melodie noch eintöniger. Nur selten habe ich es erlebt, dass Opa die Lust am unbewussten Pfeifen komplett verging.

Beim nachträglichen Isolieren des Dachbodens in seinem Haus war dies Anfang der 90er-Jahre jedoch der Fall. Opa wollte auf dem Rücken liegend dünne Spanplatten mit kleinen Nägel an den Balken befestigen. Die Arbeit war offensichtlich sehr beschwerlich. Als ihm immer wieder Nägel aus der Hand fielen, wurde sein übliches Liedchen zunächst aggressiver und schließlich von wiederholten "Dot Lahd"- und "Dot Lahd noch emohl"-Rufen unterbrochen. Selbst für eine Marotte ist man eben nicht immer in der Stimmung.

Die Freude der Kevag über das Weihnachtshaus

Während sich die Menschen heute über langsame Internetverbindungen beschweren, ging es in der Kindheit und Jugend meines Opas noch um fließendes Wasser und elektrisches Licht. Man kann sich mittlerweile kaum noch vorstellen, wie die Einwohner des Westerwalds vor nicht einmal 100 Jahren regelmäßig bei Kerzenschein oder dem schwachen Licht einer Öllampe zusammen saßen. Vor allem die Wintermonate müssen sich damals endlos lang angefühlt haben. Mein Opa hat mir zwar nie erzählt, ab wann genau es in seinem Elternhaus elektrisches Licht gab. Es muss sich anfangs aber mit Sicherheit um ein Luxusgut gehandelt haben, denn für Opa blieben Lampen zeitlebens ein relevanter Kostenfaktor.

Dass man heutzutage angesichts günstiger LEDs eher auf die vereiste Kühltruhe schauen sollte, in der lediglich einige Bohnen und Erbsen aus dem heimischen Garten eingefroren waren, kam ihm jedenfalls nicht in den Sinn. Stattdessen ermahnte er die jüngeren Familienmitglieder regelmäßig, beim Verlassen des Raums das Licht auszuschalten. Opa konnte bekanntlich "im Dungele in die Kisch giehn" und zielgerichtet etwas aus der Schublade nehmen. Sein Ausspruch "Die Kevag freut sich!" wurde in unserer Familie zur geflügelten Redensart für Energieverschwendung aller Art. Daran hielt Opa auch dann noch fest, als der Grundversorger längst EVM hieß. Für mich ist es deshalb durchaus kurios zu sehen, dass ausgerechnet das Elternhaus meines Opas in Untershausen heute einen überregionalen Ruf als aufwendig beleuchtetes Weihnachtshaus genießt. Die Anfänge dieser Entwicklung hat Opa übrigens noch mitbekommen, und passend zum Fest kommentierte er diese mit dem erstaunten Ausruf: "Alle Mäschdischer!"

Zweifelhafte Züchtigung

Trotz teilweise strenger Ansichten, die aus seiner eigenen Kindheit und Jugend rührten, hatte ich als Enkelkind keine Angst vor meinem Opa. Gerne erinnere ich mich daran, wie er mich spielerisch in seine Gartenarbeit einband. Wenn ich Zeit mit den Großeltern verbringen konnte, war ich glücklich. Ich kann mich jedenfalls nicht daran erinnern, dass Opa jemals einen seiner Enkel verschreckt oder gar geschlagen hätte.

In der Kindheit meines Vaters muss das hingegen noch ganz anders gewesen sein. Er erzählte uns häufiger davon, wie streng er von Opa erzogen wurde. "Mach noch eh bissje!", hieß es offenbar regelmäßig kurz vor dem Knall - eine Drohung, die mein Vater später bei seinen eigenen Kindern wiederholte. In den 60er- und frühen 70er-Jahren muss Opas Zündschnur jedenfalls kurz gewesen sein. Er konnte es offenbar überhaupt nicht leiden, wenn "däh Pans" mit ihm "de Ubbes" machte. Sofern mein Vater irgendetwas "verponnt" hatte, setzte es Schläge. Das war damals allerdings auch in vielen Schulen noch durchaus üblich.

Mitunter erfolgte die körperliche Züchtigung sogar, bevor der Sachverhalt komplett aufgeklärt war, erinnerte sich mein Vater. Wenn sich hinterher herausstellte, dass er doch unschuldig war, gab es jedoch keine Entschuldigung oder Wiedergutmachung. "Annermoh hoste ahne gut", soll Opa gesagt haben, falls er zweifelsfrei im Unrecht war. "Dau werrs schon wesse, wuhfiehr et wohr!", meinte er hingegen, wenn er das Gefühl hatte, dass an den Schilderungen meines Vaters etwas faul war. Zu Opas Ehrenrettung sei abschließend allerdings angemerkt, dass er mit dieser Vermutung oft richtig lag.

Die Heiden aus dem blauen Land

Es gab im Westerwald Zeiten, in denen Katholiken und Protestanten streng getrennt voneinander lebten. Abhängig war dies von den Zuschnitten ehemaliger Herzogtümer und Kurfürstentümer. Der Herzog oder der Erzbischof entschied auch über die Religion seiner Untertanen, und diese Verhältnisse lösten sich in den folgenden Jahrhunderten nur langsam auf.

Tatsächlich sind die ehemals territorialen Konfessionsgrenzen noch heute spürbar. Schon wenige Kilometer südlich meines Heimatorts Untershausen beginnt in Ruppenrod das protestantische Gebiet, mit dem man im Raum Montabaur lange Zeit nicht viel zu tun hatte. Den Leuten jenseits der Konfessionsgrenzen traute man nicht, und in früheren Zeiten war es eine regelrechte Horrorvorstellung, dass eine Protestantin oder ein Protestant in eine katholische Familie einheiraten könnte. Eine frühe Sorge meiner Großeltern war es jedenfalls, dass ihre Enkel eine evangelische Freundin mit nach Hause bringen könnten - das sogenannte "Blaue Ländchen" war geografisch schließlich nicht weit genug entfernt, um dies auszuschließen. "Breng mah bluß kah Mensch ausm Bloh Ländsche met haam!", warnten deshalb meine Großeltern – ganz so, als seien Protestanten für eingefleischte Katholiken fast schon Heiden. Die konfessionellen Gräben waren bei ihnen sogar tiefer als die ethnischen, wie ich Jahre später feststellen konnte, als ich meine heutige Ehefrau kennenlernte. Sie stammt von den Philippinen und ist erkennbar nicht kaukasischer Abstammung. Das schien Opa allerdings nicht zu stören, so lange die Religion stimmte. Die Philippinen liegen zwar noch etwas weiter von Untershausen entfernt als Ruppenrod, aber laut Opa ist meine Frau "immerhin kadohlisch".

Verzicht und Minimalismus als Trends

Wenn ich gelegentlich in Opas alten Fotoalben blättere, habe ich teilweise das Gefühl, auf dem Instagram-Kanal eines jungen Influencers gelandet zu sein. Die Haarschnitte etwa der Soldaten im Zweiten Weltkrieg erinnern stark an Modetrends der späten 2010er-Jahre. In Opas Jugend waren sie vermutlich praktischen Notwendigkeiten geschuldet. 80 Jahre später waren sie bei jungen Leuten dann plötzlich beliebt - wobei ich gestehen muss, dass ein derartiger Haarschnitt für mich nie infrage gekommen wäre. Meine Generation verbindet damit offenbar noch zu stark die Bilder aus dem Dritten Reich. Erstaunlich ist es aber allemal, wie sich Modetrends nach so vielen Jahrzehnten wiederholen.

Auch Opas Lebensstil ist heute bei einigen jungen Leuten wieder hoch angesehen. Was damals aus der Not entstand, ist in der modernen Welt jedoch eine bewusste Entscheidung für "Minimalismus". Im Internet präsentieren Anhänger dieses Stils auf etlichen Seiten ausführlich, wie sie im Alltag mit wenig Kleidung, selbst angebautem Essen und bewusstem Verzicht auf Luxusgüter ihren Alltag bestreiten. Lustigerweise tragen diese jungen Trendsetter und Influencer oftmals sogar die gleichen Vornamen wie die Generation meiner Großeltern, während Paul, Emil oder auch Jakob noch zu meiner Schulzeit ziemlich altmodisch wirkten. "Isch brauche net mieh! Isch senn met demm, wot isch honn, zefridde", könnten die jungen Minimalisten in Anlehnung an meinen Opa sagen, wenn sie des Wäller Platts mächtig wären. Vielleicht ist die Zeit ja tatsächlich bald wieder reif für einen kleinen Gottfried.

Nur das Nötigste geschwätzt

Der Westerwälder verliert nicht viele Worte. Das jedenfalls galt für meinen Opa, den viele Menschen für einen typischen Wäller hielten. Dass er nur wenig sprach, lässt allerdings keine Rückschlüsse auf die Klarheit seiner Ausführungen zu. Was Opa meinte, konnte man oft nur erahnen oder aus dem Zusammenhang erschließen.

Besonders gut in Erinnerung sind mir die knappen Worte, die er mir stets bei Verlassen des Hauses mit auf den Weg gab. Sie lauteten "Nuh mach!" oder etwas ausführlicher "Nuh mach un sieh zoh!", falls Opa in Plauderlaune war. Was genau ich machen sollte, sagte er mir nicht. Aus meiner eigenen Erfahrung mit der Wäller Mundart weiß ich allerdings, dass sich hinter dieser Floskel in der Regel kein konkreter Arbeitsauftrag verbirgt.

In Ausnahmefällen kann das aber auch anders sein: Wenn Opa mir zuvor beispielsweise schon mitgeteilt hatte, dass ich ihm ein bestimmtes Produkt aus dem Supermarkt mitbringen soll, diente das "Nuh mach!" der Erinnerung an diesen Auftrag. Mitunter ersetzte es auch schlicht den nett gemeinten Ratschlag, bei schwierigen Straßenverhältnissen vorsichtig zu fahren. Ein gewisses Misstrauen, dass die jüngere Generation diesen Rat wirklich befolgen wird, schwang ebenfalls mit. "Ihr wosst joh, wie isch dot mahn", pflegte Opa bei Rückfragen stets zu sagen. Jedes Wort mehr wäre aus seiner Sicht eines zu viel gewesen.

Der Bürgermeister als Respektsperson

Wer sich heutzutage noch als Bürgermeister oder im Gemeinderat ehrenamtlich engagiert, ist oftmals nicht zu beneiden. Das sage ich auch als Zeitungsredakteur aus voller Überzeugung. Vor allem im Internet brauchen (Hobby-)Politiker ein dickes Fell, denn dort wird Kritik besonders häufig rüde und beleidigend geäußert. Der Respekt vor den Mitmenschen scheint einigen Mitgliedern der sozialen Netzwerke beim Tippen auf dem Handy leider verloren zu gehen.

In der Generation meiner Großeltern freilich war das noch ganz anders. Mein Opa mütterlicherseits schwärmt als gebürtiger Montabaurer noch heute vom ehemaligen Bürgermeister Wilhelm Mangels, der neben ein paar Bausünden auch einige zukunftsweisende Infrastrukturprojekte in der Wäller Kreisstadt zu verantworten hat. Bei meinem Unnerschäuser Opa hingegen genossen vor allem die "Bollemaaster" hohes Ansehen, die "met den ahnfaache Leijt och noch Platt schwätze konne". Dass man trotz einer Karriere in der Politik nicht die eigene Herkunft vergaß, war Opa sehr wichtig, weshalb er nach einem kurzen Schwätzchen stets auch voll des Lobes für "den Ortseifer aus Unnerschause" war, der jahrelang an der Spitze der VG Wirges stand. Vom "Mondebejrer Bollemaaster Schaaf" persönlich angesprochen zu werden, weil dieser ihn aus der Zeitung kannte, war Opa im ersten Moment übrigens sogar etwas unangenehm. Schließlich wollte er eigentlich "net estamiert werre". Im Nachhinein jedoch freute er sich über die Begegnung. "Dot es joh och en Westerwäller un en padender Kerl", stellte Opa anerkennend fest, ehe er augenzwinkernd zu mir sagte: "Dau wess dursch misch noch berühmt!"

Im festen Glauben an die Post

Als "Gottfried" wurde Opa mit zunehmendem Alter immer häufiger zur Zielscheibe von Trickbetrügern. Sein Vorname, der früher auch im Telefonbuch zu finden war, ließ erkennbar Rückschlüsse auf sein Geburtsdatum zu. Opa war zum Glück jedoch immun gegen Haustürgeschäfte. Dubiose Teppichhändler hatten bei ihm keine Chance. Wenn er sie rechtzeitig durchs Fenster erblickte, machte er die Tür gar nicht erst auf. Aber auch bei geöffneter Tür war bei ihm nichts zu holen. "Den honn isch gleisch durschschaut!", sagte Opa mit einem verschmitzten Lächeln, wenn er wieder einmal einen zweifelhaften Geschäftsmann abgewimmelt hatte. Seine Aussage "Isch senn en ohrme Rendner un honn hej däh Monat noch kah Rende krieht" ließ die Möchtegern-Betrüger in der Regel schnell erkennen, dass bei diesem Senior nichts zu holen war.

Opas Schwachstelle war jedoch der gedruckte Brief: Gewinnbenachrichtigungen über eine Kaffeefahrt, bei der es wohl in erster Linie um den Verkauf überteuerter Heizdecken ging, nahm er stets ernst. Besonders in Erinnerung geblieben ist mir eine etwas unseriöse Werbung zum Umschulden eines Immobilienkredits, die in einem Umschlag in Opas Briefkasten landete. "An den Hauseigentümer" war in der Adresszeile zu lesen, ohne diesen beim Namen zu nennen. "Wuher wosse die dann, dass eisch däh Hauseigentümer senn?", wollte Opa an jenem Abend von mir wissen. Meine Erklärung, dass es sich um eine Briefwurfsendung handelt, die bei jedem eingeworfen wird (auch bei Leuten, die keine Hauseigentümer sind), schien ihn nicht komplett zu überzeugen. Schließlich war das Schreiben vermeintlich mit der Post gekommen und musste schon aus diesem Grund einen seriösen Hintergrund haben.

Nach dem Erbfall nicht zerstritten

Bei Besuchen meiner Verwandtschaft auf den Philippinen habe ich einen Familienzusammenhalt kennengelernt, der uns in Deutschland längst abhanden gekommen ist. Wenn dort eine Tante, ein Onkel oder auch ein Cousin schwer erkrankt oder in finanzielle Schwierigkeiten gerät, sind die anderen Familienmitglieder ungefragt zur Stelle. Sie helfen bedingungslos in der Not, weil sie wissen, dass ihnen in einer ähnlichen Lage auch geholfen würde. Wahrscheinlich geht es in einem so armen Land gar nicht anders - dort gibt es eben keinen Sozialstaat und kaum jemand ist krankenversichert.

Dass es in Deutschland zu früheren Zeiten einmal so ähnlich war, weiß ich von meinem Opa. Auch für ihn kam es nicht infrage, sich wegen irgendwelcher Kleinigkeiten mit nahen Angehörigen zu zerstreiten. "Sisch mem Arsch nimmi onngugge" - das gab es bei den "Trains" nicht. Der Zusammenhalt der Sippe war im Ernstfall wichtiger als gekränkte Eitelkeiten. Gleichwohl beobachtete Opa, dass es in anderen Familien mitunter zu Brüchen unter Geschwistern oder auch mit den Eltern kam. Hauptursache waren laut Opa Verteilungskämpfe ums Erbe, die fast nie so gelöst werden konnten, dass sich alle gerecht behandelt fühlten. Wenn Opa einen Lobgesang auf den vermeintlich perfekten Zusammenhalt in einer anderen Familie hörte, stellte er deshalb meist nur eine kurze und skeptische Frage, die lautete: "Hott ihr dah schon gedahlt?" Mit einem verschmitzten Lächeln ergänzte er dann: "Donnoh worrn se meistens stell!" Am Ende hat der Zusammenhalt der Familien auf den Philippinen vielleicht auch etwas damit zu tun, dass es dort meist nichts zu verteilen gibt.

Dem Nachwuchs eigene Namen verpasst

Opa war vor allem im fortgeschrittenen Alter sehr kinderlieb. Er genoss es, Zeit mit seinen Enkeln im Garten zu verbringen oder mit ihnen eine Höhle zu bauen. Dabei verwendete Opa jedoch nur selten den offiziellen Rufnamen des Nachwuchses. Mein jüngster Bruder Markus etwa blieb für ihn immer "däh Klaa", wie ich an anderer Stelle schon einmal berichtet habe. Mitunter bekamen Kinder von Opa überdies noch mehr oder weniger charmante Beinamen verpasst. "Die klaa Speckmuck" etwa mag im ersten Moment wie eine Liebkosung klingen. Tatsächlich spielte Opa hiermit aber auf das Gewichtsproblem eines jüngeren Menschen an. Beim Transport einer kleinen "Speckmuck" in einem Kinderwagen oder auf der Rückbank eines Autos schreckte Opa auch nicht vor dem Ratschlag zurück, man möge sicherheitshalber zunächst "mieh Loft in die Reife pompe".

Dagegen war die Beschreibung "Däh klaa Lejser" tatsächlich eher als Kompliment zu verstehen. Opa meinte damit einen kleinen Jungen, dem der Schalk im Nacken sitzt - ohne dabei die Grenzen einer guten Erziehung zu überschreiten. Dass er diese Bezeichnung auch für seine Urenkelin Johanna verwendete, konnten wir ihm nicht mehr abgewöhnen.

Eine meiner Lieblingsaussagen, die Opa gelegentlich zu Kindern machte, lautete übrigens: "Däh klaa Figgedifes es konderwiddisch." Eine wörtliche Übersetzung traue ich mir in diesem Fall nicht zu. Ich glaube jedoch, Opa richtig verstanden zu haben, wenn ich diese Beschreibung mit "Der Kleine ist ein cleveres und schlagfertiges Kerlchen" zusammenfasse.

Lästiges Problem in Endlosschleife

Schon lange wird ihre Abschaffung gefordert, doch noch immer steht sie jedes Jahr zweimal an: die Zeitumstellung. Ich persönlich bin ein Freund der Sommerzeit, und ich würde mich freuen, wenn sie das ganze Jahr gelten würde. Der frühe Sonnenuntergang in den Wintermonaten schlägt mir regelmäßig aufs Gemüt, während mich eine weitere Stunde Dunkelheit am Morgen weniger stören würde, aber bei dem Thema sind die Geschmäcker bekanntlich verschieden.

Einig sind sich die meisten Deutschen hingegen, dass das Umstellen der Uhren lästig ist. Mir hallen die Worte meines verstobenen Opas noch in den Ohren, der jedes Mal "iwwer diesen Bleedsinn" schimpfte. Mit zunehmendem Alter wurde die Verärgerung immer größer, da er zum Umstellen seiner Uhren mehr Hilfe benötigte. Die Wanduhr in der Küche hing über der Eckbank und war nur mit einer Kletterpartie zu erreichen, und das Rädchen zum Einstellen seiner Armbanduhr war so klein, dass er es mit seinen dicken Fingern kaum bedienen konnte. In Opas Auto stimmte die Zeit oftmals monatelang nicht, da er die Uhr selbst nicht bedienen konnte und er immer wieder vergaß, jemanden um Hilfe zu bitten. "Die sisch suh ebbes ausdenge, denge all net onn die ällere Leit", lautete dann seine Kritik. Dank moderner Technik muss ich mir inzwischen glücklicherweise kaum noch Gedanken über diese Probleme machen. Meine Uhren stellen sich fast alle automatisch um. Das ändert allerdings nichts daran, dass ich die Zeitumstellung ebenfalls überflüssig finde.

Der Wert des eigenen Autos

Als Opa kurz vor Weihnachten 2014 seinen Opel Corsa zu Schrott fuhr, hatte der Wagen bereits mehr als 13 Jahre auf dem Buckel. Der Tachostand war jedoch noch weit von den üblichen Kilometer-Marken eines so alten Fahrzeugs entfernt. In den letzten Jahren wurde das Auto pro Woche weniger als 20 Kilometer bewegt. Opa fuhr mit seinem Corsa am Wochenende in die Kirche und werktags manchmal ein paar Teile einkaufen. Das war's! Ich erinnere mich noch gut daran, wie er vom TÜV zur Anschaffung neuer Reifen aufgefordert wurde, obwohl die alten Rollen eigentlich noch ausreichend Profil hatten. Das Material war jedoch so stark in die Jahre gekommen, dass es verhärtete und zu bröckeln begann. Den Mangel musste Opa dann beseitigen lassen, obwohl er nicht vollends überzeugt wirkte, dass es tatsächlich nötig war.

Einerseits konnte ich zwar nachvollziehen, dass Opa nicht komplett auf sein Auto verzichten wollte. Schließlich ist der Bus auf dem Dorf meist keine Alternative. Eine Verbindung zu den Gottesdienstzeiten am Wochenende gab es schlichtweg nicht. Andererseits wäre es für ihn aber wahrscheinlich sogar günstiger gewesen, seine wenigen Fahrten mit dem Taxi zu erledigen. Obwohl Opa stets um Sparsamkeit bemüht war, kam dies für ihn jedoch nicht infrage. Bei einer Taxifahrt legte er den Preis strikt auf die Anzahl der Kilometer um, was dann unweigerlich zur Bewertung "Dot es vill ze deijer" führte. Bei Versicherung, Kfz-Steuer und Ersatzteilen für sein Auto machte er die Kilometerrechnung hingegen nie auf. Entsprechenden Einwänden begegnete er stets mit der Aussage "Doh kamma naut mache, dot muss joh senn!" oder auch noch knapper mit "Dot hott naut ze bestelle".

Wenn aus Wäller Platt Englisch wird

Der Verlag, in dem die Bücher über meinen Opa herausgegeben werden, sendet mir regelmäßig Aufstellungen über die Anzahl der verkauften Exemplare zu. Über den Verkaufsort erhalte ich leider keine Informationen. Es ist wohl davon auszugehen, dass die meisten Bände im Westerwald bleiben. Gelegentlich werden meine Kurzgeschichten mit Wäller Mundart-Passagen aber offenbar auch ins Ausland verschickt - das ergibt sich aus der abgerechneten Währung.

Als in einem Bericht gleich mehrere Verkäufe in US-Dollar und Britischem Pfund auftauchten, musste ich schmunzeln. Die Vorstellung, dass ein Brite oder US-Amerikaner die Geschichten mit Sätzen auf Unnerschäuser Platt laut vorliest, entbehrt nicht einer gewissen Komik. Wirklich erklären kann ich mir die Buchverkäufe in englischsprachige Länder allerdings nicht. Mir sind dort jedenfalls keine Verwandten bekannt. Möglicherweise sind die Käufer ja Nachfahren Westerwälder Auswanderer oder es gibt in Amerika und Großbritannien riesige Präsenz-Bibliotheken, in denen alle möglichen Druckerzeugnisse gesammelt werden, dachte ich mir. Vielleicht hatte am Ende aber doch ein bayrischer Bekannter recht, der mich vor vielen Jahren einmal auf einer Stundentenparty in München gebeten hatte, einen kurzen Satz auf Wäller Platt zum Besten zu geben. Ich entschied mich damals für die Frage "Wot wells dau dah?" und der Bayer reagierte verdutzt. "What?", fragte er ungläubig nach. "Des is kah Deitsch, des is Englisch!", erklärte er mir. Möglicherweise war Opa ja doch internationaler geprägt, als wir alle dachten.

White Christmas sorgt für seltenes Lob

Jedes Jahr in der Vorweihnachtszeit flimmern die Bilder vom rot-weiß gekleideten Weihnachtsmann, der mit seinem Rentierschlitten über schneebedeckte Häuser fliegt, über die Mattscheiben. In diesen Momenten wird mir dann klar, wie groß der Einfluss der amerikanischen Unterhaltungsindustrie auf wiederkehrende Feiertage auch hierzulande geworden ist. In meiner Jugend etwa sammelten in der Nacht vor Allerheiligen noch keine verkleideten Halloween-Kinder Süßigkeiten, und es war auch noch klar, dass das "Christkindsche" an Weihnachten die Geschenke bringt. Der Mann mit dem weißen Rauschebart war hingegen nur am Nikolausabend unterwegs und hatte mitunter noch den gefürchteten Knecht Ruprecht dabei, um unartige Kinder zu erziehen.

Mein Opa konnte der gesamten Amerikanisierung der Weihnachtsfeiertage ohnehin nicht viel abgewinnen. Ich gehe davon aus, dass er noch nicht einmal das Lied "Last Christmas" kannte - und falls er es doch einmal gehört haben sollte, war es für ihn mit Sicherheit "ammerikanischer Bleedsinn" oder "unniedisches Geplärtze". Aus Opas Sicht gab es ohnehin nur ein einziges hochwertiges Musikstück amerikanischen Ursprungs, und dabei handelte es sich um das Lied "White Christmas". Wenn dieser Klassiker im Radio lief, begann Opa rhythmisch und anerkennend mit dem Kopf zu nicken, bevor er schließlich feststellte: "Dot es dot einzisch Vernienftische, wot däh Ammi herfiergebrocht hott!" Und wenn Opa besonders gut gelaunt war, ergänzte er noch gönnerhaft: "Mah kann vom Dollste noch ebbes liehre."

Neugierige Blicke auf den sauberen Rasen

In meiner Kindheit waren Gerüchte über das Privatleben anderer Familien regelmäßig Thema im Dorf. Damals kannte in einem kleinen Ort wie Untershausen buchstäblich noch jeder jeden, weshalb der Satz "Hos dau schon gehiert?" besonders bei älteren Damen ein beliebter Gesprächseinstieg war. Meistens ging es dann um Hochzeiten, Trennungen und Schwangerschaften bei jüngeren Leuten oder auch um irgendeine Krankheit - der übliche Smalltalk eben, wie man ihn zum Beispiel von Friseurterminen kennt.

Opa hingegen war kein neugieriger Mensch. Neuigkeiten über Nachbarn oder sogar Verwandte interessierten ihn nicht besonders. Auch den Haarschnitt ließ er stets schweigend über sich ergehen. Er konnte es allerdings nicht leiden, wenn er selbst beobachtet wurde oder Anlass für "Weiwerleits Geschwätz" war. Große Fenster zur Straße, durch die jeder im Vorbeifahren ins Haus blicken kann, hätte er aus diesem Grund niemals gewollt. Wenn er andernorts ein leicht einzusehendes Grundstück ausmachte, sagte er meist: "Dot loh es en schnippische Eck! Doh mehscht eisch net wohne." Merkwürdigerweise galt dies allerdings nur für die Straßenseite seines Hauses. Opas Garten hinter dem Haus hingegen war eine einzige "schnippische Eck" und nur durch einen Maschendrahtzaun von den Nachbargrundstücken getrennt. Die wenigen Bäume und Sträucher, die etwas Sichtschutz und Schatten spendeten, fielen im Laufe der Jahre fast alle Opas Axt zum Opfer. Ein "aggurater" Rasen, auf dem sich im Herbst nur wenig Laub ansammelte und auf dem sich entsprechend schnell Ordnung herstellen ließ, war ihm offenbar noch wichtiger als die Vermeidung neugieriger Blicke.

Aus der Nachtschicht aufs Boot

Die letzten anderthalb Jahre seines sehr langen Lebens verbrachte Opa in einem Montabaurer Altenheim. Er blieb dort trotz am Ende fortschreitender Demenz körperlich fit und drehte ohne Stock oder Rollator noch einige Runden in den Gängen der Senioreneinrichtung. Aufgrund seiner Erkrankung wusste er mitunter allerdings nicht mehr, wo er gerade ist. Für Angehörige ist das einerseits traurig. Andererseits hatte aber auch diese letzte Phase seines Lebens ihre heiteren Momente, denn Opa hatte weiterhin für alles eine Erklärung parat. Als ich ihn einmal längere Zeit in den Gängen des Altenheims suchen musste und schließlich bei einer solchen Erkundungstour fand, meinte er zur Erläuterung: "Isch wohr emohl speckeliere! Isch wollt mir dot ganse Boot emohl rischdisch ongucke." An welche Art von Boot er in diesem Moment dachte, konnte ich leider nicht herausfinden. Ich gehe allerdings davon aus, dass er vermutlich kein Kreuzfahrtschiff meinte. Ein anderes Mal erklärte er ein Nickerchen zur Mittagszeit damit, dass er gerade erst aus "Rohsbisch" von der Nachtschicht nach Hause gekommen sei. Auch in diesem Moment mussten wir schmunzeln.

Meine Lieblingsepisode aber trug sich im Innenhof des Altenheims zu. Dort wollte ich von Opa wissen, ob er eigentlich auch hier bei der Gartenarbeit helfe - schließlich war das jahrzehntelang zu Hause seine Passion. In diesem Fall reagierte er jedoch leicht verärgert auf meine Frage. "Isch mache denne doch hej met iwwer 90 Johr nimmi däh Gohrde", meinte er brüskiert. "Dot konne die sisch schie selwer mache!"

Beichtgeheimnis schlägt Schweigepflicht

Wenn wieder einmal irgendwo auf der Welt ein Amokläufer unschuldige Menschen in den Tod reißt, ist das Entsetzen groß. Oft stellt sich dann im Nachhinein heraus, dass der Täter bereits längere Zeit ein auffälliges Verhalten zeigte. Mitunter wird auch von therapeutischen Behandlungen im Vorfeld berichtet, die die Taten aber leider nicht verhindern konnten.

Auch Opa verfolgte diese Berichte stets mit Interesse und ärgerte sich ein ums andere Mal über die ärztliche Schweigepflicht. "Die Dokdern, wuh däh vierher in Behandlung wohr, die misste och bestrohft währe", forderte er dann. "Die musse dot doch schon gemerkt honn, dass däh de Mattes net rischdisch in der Reij hatt", schimpfte er in solchen Fällen. Während ich Opa in anderen Fällen nachträglich oft Recht geben musste, kamen wir in dieser Frage nicht auf einen Nenner. Ohne die ärztliche Schweigepflicht, so argumentierte ich, würden sich noch viel weniger Menschen bei Therapeuten offenbaren und es würden wahrscheinlich noch viel mehr schlimme Dinge geschehen, entgegnete ich ihm. Seine abwinkende Handbewegung verdeutlichte mir jedoch, dass ich ihn nicht überzeugt hatte. Im Bewusstsein, dass es für meinen Opa eine noch höhere Autorität gab als die vermeintlichen Götter in Weiß, fragte ich ihn, ob dann nicht auch ein Pfarrer trotz Beichtgeheimnis zur Polizei gehen müsse, falls er einen Amoklauf befürchtet. Opa schaute etwas überrascht und lachte kurz, als hätte ich einen absurden Witz gemacht. Dann erklärte er mir knapp, warum man das Beichtgeheimnis nicht mit der ärztlichen Schweigepflicht vergleichen kann: "Dot es joh vom Herrgott aus", betonte Opa mit ernstem Blick. "Doh kann mah nix dronn mache!"

Dem Scheiterhaufen nur knapp entkommen

Der Westerwald war als ländliche Mittelgebirgsregion lange Zeit etwas rückständig. Nicht nur fließendes Trinkwasser und elektrischer Strom kamen in der Region später an als in urbanen Gebieten. Der Fortschritt insgesamt hatte es hier früher schwerer. Nicht ohne Grund bezweifelte noch vor 20 Jahren eine ältere Dame aus einem Nachbarort, "dat sisch däh Euro hej durschsetzt" - zumindest ist es so überliefert.

Manchmal kann das durchaus Vorteile haben. So waren im Westerwald lange Zeit neben Bier und Zigaretten nahezu keine Drogen bekannt. Eine gewisse Rückständigkeit kann aber bekanntlich auch Nachteile haben und zu hartnäckigen Vorurteilen führen, die sich bei denjenigen, die daran glauben, kaum entkräften lassen. Bei meinem Opa galt dies unter anderem für rote Haare. Er ließ sich auch mit wissenschaftlichen Argumenten nicht von der Überzeugung abbringen, dass diese ein äußerliches Merkmal für einen schlechten Charakter sind. "Däh Ruht daacht net vill", behauptete Opa selbst dann noch, wenn bei dem Betroffenen längst graues oder gar weißes Haar die Oberhand gewonnen hatte. Auch als nachträgliche Erklärung ("Dot es en Ruhder") für Fehlverhalten musste die Haarfarbe herhalten. Der Ursprung dieses Vorurteils ist, wie so oft, im Aberglauben zu finden. Im Mittelalter endete das Leben vieler Rothaariger bekanntlich sogar auf dem Scheiterhaufen. Damit zumindest musste man im Westerwald des 20. Jahrhunderts nicht mehr rechnen, was angesichts moderner Haarfärbemittel und Modetrends vermutlich auch das Leben einiger naturblonder und brünetter Menschen gerettet hat.

Ein Opa, die Alexa und das Gendern

Wenn ein neues Jahr beginnt, habe ich einige Wochen oder sogar Monate lang Probleme mit dem korrekten Datum. In diesen Momenten wird mir dann bewusst, dass seit der Jahrtausendwende schon wieder mehr als 20 Jahre ins Land gezogen sind. Dabei fühlt es sich manchmal so an, als habe sich seitdem noch gar nicht so viel verändert. Mir ist natürlich klar, dass dieses Gefühl trügt. Schließlich wurde damals zum Beispiel noch mit DM bezahlt und analog mit Filmen fotografiert. Das erste iPhone kam sogar erst im Jahr 2007 auf den Markt. Heute fragt man sich, wie vor allem junge Leute jemals ohne diese Geräte leben konnten.

Selbst in den drei Jahren seit dem Tod meines Opas hat sich schon wieder viel verändert. Als ich mit ihm noch unter einem Dach lebte, hatte ich beispielsweise noch keinen Alexa-Lautsprecher, der auf mein Kommando Musik abspielt oder Einkaufslisten führt. Ich frage mich manchmal, wie Opa wohl auf ein solches Gerät reagiert hätte. "Met wem schwätz dau dah doh?", wäre vermutlich seine erste Frage gewesen. Oder auch: "Wuh es dah dot Fraahmensch, met dem dau doh alsfort schwätz?" Das derzeit viel diskutierte Gendern in den Fernsehnachrichten hat Opa ebenfalls nicht mehr erlebt. "Wiesu sohn die dah als fort Inne?", hätte er wahrscheinlich wissen wollen, und die Erklärung entweder mit "neijmurischer Bleedsinn" oder schlicht mit "Fratze" kommentiert. Von Geschlechtergerechtigkeit hielt man in seiner Generation bekanntlich noch nicht sehr viel. So kurz mir die rund 20 Jahre seit der Jahrtausendwende auch vorkommen mögen - in den Augen eines beinahe 100-Jährigen ist seitdem mit Sicherheit schon allerhand Unverständliches passiert.

Geschenke gibt es nur für Arme

Wenn wir zu einer Feier im Freundeskreis oder in der Familie eingeladen sind, ist die schwierigste Frage stets: Was sollen wir schenken? Schließlich haben die meisten Leute in meinem Umfeld genug Geld, um sich Artikel im Wert von 20 oder auch 50 Euro selbst zu kaufen, wenn sie diese wirklich brauchen. Meistens läuft es dann auf einen Gutschein für einen Restaurantbesuch hinaus.

Mein Opa hatte diese Probleme nicht. Er wollte einerseits selbst nichts geschenkt bekommen, er war andererseits aber auch nicht bereit, anderen Geschenke zu machen - vor allem dann nicht, wenn der zu Beschenkende vermeintlich reicher war als er selbst. Da dies laut Opa auf die Mehrzahl seiner Verwandten und Bekannten zutraf, stellte sich die Frage nach einem Geschenk also meistens gar nicht. So lange meine Oma noch lebte, konnte sie ihn in der Regel trotzdem davon überzeugen, dass man als Gast nicht ohne Geschenk auf einer Feier aufkreuzen kann. Nach ihrem Tod jedoch fehlte eine Person in Opas Umfeld, auf deren Rat er bereit war zu hören - und so besuchte er sogar eine Goldhochzeit mit nur einer Flasche Wein im Gepäck. "Die honn mich Geld wie isch", lautete Opas Begründung, von der er sich auch mit gutem Zureden nicht abbringen ließ. Als meine Mutter Wochen später die Jubilarin traf, fragte diese ahnungslos: "Sommo, wahs dau eigentlisch, wot däh Gottfried em Kärtsche hatt? Doh wohr hinnerher suh vill Durschenanner, dass mir dot nimmi wosse." Meine Mutter kannte die korrekte Antwort zwar. Sie war ihr aber so unangenehm, dass sie sich in diesem Moment unwissend gab. Opa selbst hingegen hätte seine Entscheidung auf Nachfrage sicherlich im Brustton der Überzeugung erklärt.

Holzvorräte für entbehrungsreiche Zeiten

Obwohl ich inzwischen mehr als 40 Jahre alt bin, sind die derzeitigen Sorgen um die Versorgung mit Trinkwasser, Erdgas oder auch Speiseöl eine neue Erfahrung für mich. Die autofreien Sonntage infolge der Mineralölkrise in den 1970er-Jahren kenne ich nur aus Erzählungen. In meiner Kindheit und Jugend mussten wir uns jedenfalls keine Gedanken darüber machen, ob nach mehreren heißen Sommertagen noch Wasser aus dem Hahn kommt oder ob bei knackiger Kälte im Winter die Heizung noch warm wird. Meine Geschwister und ich waren sicherlich nicht verwöhnt, aber wir sind zumindest immer satt geworden.

Über die Angewohnheit meines mittlerweile verstorbenen Opas, Vorräte "fier schlehschte Zeide" anzulegen, musste ich deshalb früher schmunzeln. Opa hatte hinter dem Haus zwei große Tonnen stehen, in denen er das Regenwasser aus dem "Kennel" zum Gießen seines Gartens sammelte. In seinem Keller lagerte er noch im hohen Alter regelmäßig "Erbel" und "Äppel" für den Winter ein. Auch ein gut gefülltes Brennholzlager war ihm stets sehr wichtig. "Suh lang mah noch Holz im Kejer hott, kann mah denne Kinner in der Not noch ebbes koche", begründete er diese Sammelleidenschaft. „Mah kann nie wesse, wott noch kimmt!"

Fast 100 Jahre nach seiner Geburt erscheint dieses Verhalten angesichts der Knappheit auf allen Gebieten plötzlich wieder zeitgemäß, und ich höre förmlich, wie Opa mir belehrend von einer Wolke zuruft: "Eisch honn et dir joh gesoht!"